AF465093

8 yth 19412

Paris

1819

Goethe, Johann Wolfgang von

Werther, ou les égarements d'un coeur sensible

WERTHER,

OU

LES ÉGAREMENS D'UN CŒUR SENSIBLE,

DRAME HISTORIQUE EN UN ACTE, MÊLÉ DE COUPLETS,

PAR MM. GEORGES DUVAL ET ROCHEFORT;

Représenté, pour la première fois, à Paris, sur le Théâtre des Variétés, le 29 septembre 1817.

NOUVELLE ÉDITION,

AVEC BEAUCOUP D'AUGMENTATIONS.

PRIX : 1 FR. 25 C.

PARIS,

CHEZ J.-N. BARBA, LIBRAIRE,

ÉDITEUR DES ŒUVRES DE PIGAULT-LEBRUN,

PALAIS-ROYAL, DERRIÈRE LE THÉATRE FRANÇAIS, N°. 51.

DE L'IMPRIMERIE D'ÉVERAT, RUE DU CADRAN, N°. 16.

1819.

YTh

PERSONNAGES.	ACTEURS.
	MM.
WERTHER	POTIER. SAINT-FÉLIX. LEGRAND.
CHARLOTTE	Mme. VAUTRIN.
ALBERT, son Mari, en habit jaune	BRUNET.
VOLMAR, ami de Werther	AUBERTIN.
LOUSTIC, Sonneur du village	LEFÈVRE.
FRITZ, Valet de Werther (1)	ODRY.

La Scène se passe dans un village, aux environs de Munich.

Le Théâtre représente une place de village; dans le fond on aperçoit l'Église de la paroisse; sur le devant, à gauche, l'auberge d'Albert, avec cette enseigne : Au Grand-Cerf, Albert, aubergiste, loge à pied et à cheval. *A droite, auprès de la maison où loge Werther, un pavillon avec des fenêtres à jalousie.*

(1) Le rôle de Fritz doit être baragouiné en allemand; il dit toujours *ya* au lieu de *oui.*

WERTHER,

OU

LES ÉGAREMENS D'UN COEUR SENSIBLE,

DRAME HISTORIQUE.

(Au lever du rideau, le théâtre est vide, et l'on entend chanter par les villageois, qui sont censés dans l'église, le chœur suivant, qui ne doit être accompagné que par le son des cloches.

AIR *de Benoît.*

O l'heureux jour!
Que celui d'un hyménée,
Lorsque l'amour
Nous enchaîne sans retour.
Tendres époux,
Votre union fortunée
Sera pour nous
Le modèle le plus doux!
O l'heureux jour! etc.

SCÈNE PREMIÈRE.

LOUSTIC, *paraissant.*

Ma foi! v'là encore un mariage fait... J'dis qu'ça n'a pas été sans peine, ni sans embûches... Mais enfin, Charlotte est maintenant Madame Albert, et en ma qualité de sonneur de la paroisse, je peux bien dire que c'est moi qui me suis donné le plus de mouvement pour l'apprendre à tout le monde... Il est vrai que les mariages me conviennent beaucoup à moi.

AIR : *Din don, din don.*

Comme sonneur du village,
J'ai toujours eu des raisons
Pour prêcher le mariage
A tous nos jeunes garçons.
Si j'rencontr' queuqu's imbécilles,
Je leur dis : soyez dociles ;
Din di, din don ;
Allons, mariez-vous donc !
Din don, din don.

2e. COUPLET.

Du mariage au baptême,
Souvent l' temps n'est pas ben long ;
Mais j'm'en applaudis tout d'même,
En sonnant mon carillon....
Et j'dis au célibataire :
Puisque l'on est sitôt père !
Din di, din don ;
Allons, mariez-vous donc !
Din don, din don.

Quoique ça, je ne me bornerai point à sonner les cloches pour deux particuliers de c'te volée-là ; et ce soir, pendant le bal...

SCÈNE II.

LOUSTIC, FRITZ, *avec l'accent allemand.*

FRITZ, *accourant, et tenant un habit sur son bras.*

Maudit fou, va !.. Ai-je eu de la peine à m'en débarrasser !

LOUSTIC.

De quel fou parlez-vous donc, voisin ?.. Il y en a plus d'un dans le village, sans compter les imbécilles.

FRITZ, *en colère.*

Qu'est-ce que vous dites donc, toi ?

LOUSTIC.

Je dis que M. Werther en tient aussi une fameuse dose.

FRITZ.

C'est vrai... Il parle des étoiles et de Charlotte, des ruisseaux et du bonheur, du soleil et de l'amour... Il est toujours perché dans le firmament.

AIR *de Misère et Gaîté.*

Le soir, sitôt que vient la brune,
Chacun le rencontre souvent,
Faisant des discours à la lune,
Qui sont emportés par le vent. (*bis*)
L'amour et la philosophie
L'ont rendu sec comme un coucou....
Si ce garçon-là n'est pas fou,
Qu'appelle-t-on de la folie ?

LOUSTIC.

Ah ça! mais à présent que v'là sa Charlotte mariée avec Albert, qu'est-ce qu'il prétend faire ?

FRITZ.

Il prétend qu'Albert étant son meilleur ami, il ne peut pas trouver mauvais qu'il lui fasse des visites comme à l'ordinaire.

LOUSTIC.

En v'là une bonne, par exemple.

AIR : *Larirette, larira.*

On voit ben d'ces bons apôtres,
Qui, conservant leurs penchants,
Auprès des femmes des autres,
Vienn'nt faire les chiens couchants.
Vot' maîtr' m'a l'air d'un' bonne lame,
Mais Albert ne voit pas tout çà.
Ma foi, d'après cette raison-là,
Si l'amant est l'ami*
De la femme,
Le pauvre mari,
Sur mon âme,
Sera ce qu'il pourra,
Larira.

FRITZ.

Qu'est-ce que vous chantez-là ?.. Et la vertu de mon maître, la comptez-vous pour rien ?.. Lui, il soupirerait vingt-cinq ans, uniquement pour le plaisir de soupirer... Ah! vous ne le connaissez guères. Mais je m'amuse ici à causer, et M. Werther m'attend. Je viens de chercher à Munich, cet habit auquel il dit qu'il tient beaucoup, et qu'il attend avec impatience. Ainsi, je vous quitte... Aussi bien, la noce va sortir de l'église ; et quand je songe au chagrin que cette cérémonie cause à M. Werther, au désespoir de mon malheureux maître... aux suites épouvantables... (*Serrant la main de Loustic, d'un air sombre.*) Bonsoir, Loustic. Ah! Jésus me gote! (*Il sort.*)

SCÈNE III.

LOUSTIC, *seul.*

Eh! bien, est-ce que çà se gagne?... il vient de me souhaiter le bonsoir avec un air aussi frénétique que son maître, quasiment... les drôles de gens!

SCÈNE IV.

LOUSTIC, ALBERT, CHARLOTTE, Paysans, Paysannes.

CHŒUR D'ENTRÉE.

AIR : *Chœur du Nécessaire et le Superflu.*

Célébrons l'époque chérie
Qui vous a tous deux réunis;
Songez au serment qui vous lie.
Que rien ne trouble dans la vie
Des nœuds aussi bien assortis.

LOUSTIC.

Voyez le plaisir qu'inspire
L'hymen qu'ici nous fêtons.

ALBERT.

Amis, à c'tendre délire,
Mon cœur peut à peine suffire,
Et tout c'que je puis vous dire,
C'est que vous êtes tous bien bons.

CHŒUR.

Célébrons, etc.

ALBERT.

Mes amis, je vous suis bien obligé des vœux que vous faites pour mon bonheur; ma foi! il en arrivera ce qu'il pourra; mais une chose qui ne peut pas manquer d'arriver, c'est que vous êtes tous invités au repas de noces.

CHARLOTTE, *modestement.*

Oui, mes amis, et nous aurons le plaisir, Albert et moi...

ALBERT.

De vous offrir quelques bonnes bouteilles de vin du Rhin, pour vous aider à chanter mon mérite et les vertus de Charlotte.

LOUSTIC.

C'est entendu.

ALBERT.

Allez, mes amis, allez vous rafraîchir chez moi, en attendan la noce.

AIR *d'une Walse de Mozart.*

Puisque c'est l'jour de mon hymen,
En mémoire
Il faut boire;
Et que l'on nous trouve demain
Encor le verre en main.

CHŒUR.

Puisque c'est l'jour de son hymen, etc.

(*Loustic et les gens de la noce entrent dans la maison d'Albert*)

SCÈNE V.

ALBERT, CHARLOTTE.

ALBERT.

Quant à vous, Madame Albert, car je peux maintenant vous donner ce nom, puisque votre bouche a prononcé l'*oui* fatal, il faut avant tout, que je vous instruise des devoirs de votre état. Songez bien, Madame, que vous venez de contracter un nœud qui n'est pas toujours couleur de rose ; il y a des moments qu'il est furieusement couleur de souci.

CHARLOTTE, *avec dignité.*

Je le savais.

ALBERT.

Vous le saviez !... alors, je ne vous apprendrai pas tant de choses que je croyais... de mon côté je vous jure... mais, comme j'ai déjà juré, cela ferait un double emploi... notre hymen, qui s'est fait par inclination et avec l'ordre positif de votre tante, ne peut qu'être heureux ! je vous aime, vous m'aimez, nous nous aimons, (*parlant des paysans.*) Il nous aiment !... et voilà plus d'amour qu'il n'en faut pour notre usage particulier.

CHARLOTTE.

Albert est mon mari, et ce titre, joint à mon innocence personnel, lui garantit des jours sans nuage.

AIR : *Il ne vient pas, etc.*

Mon cher époux, soyez tranquille,
Je vous chérirai sans détour ;
Et puis mon cœur est très-facile
Aux impressions de l'amour.
Je sais bien qu'une femme sage,
Comme je le suis,

ALBERT.

Dieu merci !

CHARLOTTE.

Surtout après son mariage,
Ne doit aimer que son mari.

ALBERT.

Je sais que votre vertu est de la première qualité, et je m'y appuye en tant que de raison. Ah ! çà, mais j'y pense... pourquoi n'ai-je pas vu, à l'église, mon ami ?... (*regardant Charlotte.*) ou pour mieux dire, notre ami Werther !... car il est aussi le vôtre...

CHARLOTTE, *soupirant.*

Ah !...

ALBERT.

Ma femme !... Est-ce que vous ne lui auriez pas envoyé un billet de faire part ?

CHARLOTTE, *attendrie, détournant les yeux.*

Oh ! si.

ALBERT.

Aussi ?... alors je ne vois pas trop pourquoi ce jeune homme qui m'honore, ainsi que vous, de son amitié, n'a pas jugé à propos d'être témoin de notre union conjugale..... je ne présuppose point qu'elle le vexe.

CHARLOTTE.

A quel propos ?

ALBERT.

C'est ce que je dis... Au surplus, nous le verrons sans doute à table ; car il est bon convive, et boit sec.

CHARLOTTE, *à part.*

C'est le seul défaut qu'il ait, et je le lui ai souvent reproché.

SCÈNE VI.

Les Mêmes, LOUSTIC.

LOUSTIC, *revenant.*

Monsieur et Madame Albert, toute la noce est là, qui vous attend, pour boire à votre santé.

ALBERT.

J'y vais.

AIR *d'une walse de Mozart.*

Puisque c'est l'jour de mon hymen,
En mémoire
Il faut boire,
Et que l'on nous trouve demain
Encor le verre en main.

LOUSTIC.

Ce projet doit enchanter mon âme,
En buvant toujours, jusqu'à ce soir,
Aujourd'hui je n'verrai pas ma femme,
Et demain je n'pourrai plus la voir.

ALBERT.	LOUSTIC.
Puisque c'est l'jour de mon hymen, etc. etc.	Puisque c'est l'jour de son hymen, etc. etc.

SCÈNE VII.

WERTHER, FRITZ.

(*Au moment où ils rentrent, Werther, à moitié habillé, arrive avec précipitation, suivi de son domestique, qui porte son habit, et le lui passe pendant son monologue.*)

WERTHER.

Il est inoui, pardieu! qu'un homme naturellement sensible... Donne-moi l'autre manche... ne puisse se livrer un quart-d'heure à la mélancolie profonde qui le subjugue, sans être étourdi des accents grossiers d'un tas de villageois, plus étrangers les uns que les autres au sentiment de l'amour, et qui n'ont pas eu l'esprit de s'affliger une seule fois dans leur vie.

FRITZ, *achevant de l'habiller.*

Ce sont des misérables qui ne savent que rire, boire et chanter.

WERTHER.

S'ils souffraient comme moi, au moral... et au physique... ah! à propos, n'est-ce pas aujourd'hui que Lolotte se marie?

FRITZ.

Ya, Monsieur, c'est une affaire terminée; et les chants joyeux que vous venez d'entendre, étaient ceux des gens de la noce... Ah çà! mais on a dû être étonné de ne pas vous y voir.

WERTHER.

A la noce de Charlotte!.. Et quelle mine, grand Dieu! voulais-tu que j'y fisse? quelle figure voulais-tu que j'y portasse?.. N'est-ce pas assez de savoir que... sans être obligé encore d'être le témoin auriculaire?

FRITZ.

Vous l'aimez donc toujours?

WERTHER.

A la fureur!.. Et tu dis donc qu'elle est mariée?

FRITZ.

Vous saviez bien que çà finirait par là?

WERTHER.

C'est vrai.

FRITZ.

Que vous ne l'épouseriez pas!

WERTHER.

C'est encore vrai... Et le diable m'emporte, si j'y ai jamais songé... Mais, je te le répète, mon ami, depuis qu'elle est à un autre, je ne suis plus à moi... Ah! Lolotte, ah! Lolotte, quel mal tu me fais!.. depuis le jour... T'ai-je narré ma première entrevue avec elle?

FRITZ.

Deux cents fois à peu près.

WERTHER.

Eh bien! mon ami, çà va être pour la deux-cent-unième.

FRITZ.

Mais, Monsieur, je vous assure que je me rappelle parfaitement bien...

WERTHER.

Il est possible que tu te lasse de l'entendre... moi, je ne me lasse pas de te la répéter. C'était un lundi soir, à l'heure du goûter ; l'adorable Lolotte était entourée d'une demi-douzaine de marmots, ses frères et sœurs, qu'elle dépassait de toute la tête ; de manière que, sans beaucoup d'efforts, je distinguai du premier coup-d'œil sa figure qui me parut d'une beauté tranchante !.. Après avoir distribué autant de tartines qu'il y avait d'enfants... et cela avec une grâce, dont tu essaierais vainement de te représenter le simulacre, elle se mit à vaquer aux travaux qui caractérisent particulièrement le sexe dont elle fait partie.

AIR *de la nature*.

Mon attachement commença
En lui voyant, d'une main leste,
Broder une petite veste,
Pour donner à son grand-papa.
Elle était si gentille,
Moi, pas du tout subtil,
Je vis peu le péril....
Et l'amour vint de fil
En aiguille.

FRITZ.

A la bonne heure ; mais, qu'est-ce que vous comptez faire à présent ?

WERTHER.

L'aimer par continuation.

FRITZ.

Et son mari ?...

WERTHER.

Je m'explique, d'un amour aussi honnête que concentré.

FRITZ.

Un amour platonique, comme vous dites quelquefois ; j'entends.

WERTHER.

Je t'ai dit aussi que le soir de l'entrevue, il y eut un petit bal de société... oh ! bien modeste ; deux violons, et le serpent de la paroisse. J'eus l'inappréciable bonheur de la faire walser... te figures-tu voir walser Lolotte ? Quels délices, de tenir entre ses doigts une créature aussi bien traitée par la nature !... Mon ami, si par événement tu fais une connaissance, ne la laisse pas walser avec un autre, je ne te dis que çà.

SCÈNE VIII.

Les Mêmes, VOLMAR.

VOLMAR. (*Il commence ce couplet dans la coulisse.*)

Air : *Du journal du voyage.*

Dépensant promptement mes jours,
Sans compter avec la folie ;
Le plaisir me suivra toujours,
Dans l'heureux chemin de la vie.
Joyeux épicurien,
Je ne redoute rien
Dans ce pèlerinage,
Si j'ai la gaîté pour soutien
Jusqu'au bout du voyage.

FRITZ.

Eh ! c'est M. Volmar !

VOLMAR.

Lui-même... mon cher Werther, embrassons-nous.

WERTHER.

De bien bon cœur... et qui t'amène dans ma solitude champêtre ?

VOLMAR.

Deux motifs : l'un, de te prévenir que le Ministre ne te voyant pas revenir à Munich, a jugé à propos de prendre un autre secrétaire, et que c'est moi qui t'ai remplacé.

FRITZ.

Là, Monsieur, qu'est-ce que je vous avais dit ?... voilà où votre passion vous mène.

WERTHER, *d'un ton sévère.*

Fritz, c'est bon : je vous invite, de la manière la plus formelle, à ne pas sourciller. (*A Volmar.*) Mon ami, je t'en félicite !... s'il était dans ma destinée d'être réformé, je dois me soumettre aux décrets... de son Excellence.

VOLMAR.

Je suis enchanté que tu prennes bien la chose.

WERTHER.

Il me semble que je ne pouvais pas la prendre autrement, ou ne pas la prendre du tout... et j'aime autant la prendre comme çà... Et le second motif de ta visite, Volmar ?

VOLMAR.

Celui de t'emmener d'ici pour te guérir.

WERTHER.

Pour me...

VOLMAR.

Pour te guérir.

WERTHER.

Qu'est-ce que j'ai donc?

VOLMAR.

On m'a dit que... (*Montrant sa tête.*) déménagée.

WERTHER.

On t'a dit que j'étais déménagé.

VOLMAR.

On m'a dit que tu étais devenu fou.

WERTHER.

Par exemple!

VOLMAR.

On dit que cette Charlotte, dont tu m'as si souvent parlé dans tes lettres, t'a fait perdre la tête.

WERTHER.

Oui! eh bien! si tu veux conserver la tienne, je ne te conseille pas de la regarder. Avec ton petit air, regarde là, et tu m'en diras des nouvelles.

VOLMAR.

Moi?... Oh! sois tranquille, je suis à l'épreuve.

AIR *de l'Opéra-Comique.*

Amant volage, amant léger,
Et vainqueur de plus d'une belle,
De maîtresse j'aime à changer...
Au plaisir seul je suis fidèle.
Faisant la cour en tapinois
A mainte blonde, à mainte brune,
J'en adore trente à la fois,
Pour n'en aimer aucune.

WERTHER.

Il en adore trente à la fois, et il n'en n'aime aucune... De manière que tu les portes toutes dans ton cœur, ensemble ou séparément.

VOLMAR.

Comme tu dis.

WERTHER.

Mon ami, je te souhaite bien du plaisir, mais je ne conçois pas comment on peut s'amuser à rire de tout. Il n'y a, selon moi, de véritable gaîté, que celle qui est enfantée par un profond sentiment.

Air *du Galoubet.*

Sans sentiment, (*bis*)
Comment veux-tu donc que l'on prouve
Que l'on possède un cœur aimant?
Malheur à qui me désapprouve!
Un homme est mort, lorsqu'il se trouve
Sans sentiment.

VOLMAR.

Pour moi, j'en ai fort peu, et je ne m'en porte pas plus mal.

WERTHER.

O être peu philosophe!... la nature champêtre n'a donc jamais parlé à ton cœur, Volmar?

VOLMAR.

Ma foi, non.

WERTHER.

Ma foi, non. Quoi! tu ne t'es jamais trouvé dans une campagne émaillée de fleurs fanées à demi, pendant une soirée d'automne? Tu n'as jamais examiné la feuille veloutée de l'arbre de Jupiter, lorsque jaunie par le souffle impétueux du zéphyr septentrional, elle tombe, inclinée par son propre poids, dans les vagues écumeuses du ruisseau paisible de la vallée solitaire, entraînée au sein du vaste Océan, où elle rencontre son tombeau?... Ah! si tu savais comme alors, à l'aspect ravissant de la nature en deuil, et prête à revêtir la robe glacée des frimas, l'âme s'épanouit aux impressions tardives d'un amour prématuré, et se balance avec délices dans le vague indécis de la mélancolie...

VOLMAR, *à Fritz.*

Il l'est au premier degré. (*Haut.*) Ainsi, mon ami, d'après tout ce que tu viens de me dire, tu penses?...

WERTHER.

Je pense que ton cœur n'étant pas monté au diapazon du mien, il ne peut pas exister d'harmonie entre nous... Je te laisse blasphémer seul contre la sensibilité, et je vais errer dans la campagne. Blasphème, mon ami, blasphème; quant à moi, j'erre.

VOLMAR.

Que dis-tu?

WERTHER.

Je dis, j'erre... (*Il sort.*)

SCÈNE IX.

VOLMAR, FRITZ.

VOLMAR.

Je ne m'attendais pas à le trouver aussi avancé, et je ne sais comment faire pour lui rendre la raison.

AIR : *Vaud. du Diable en vacances.*

Si c'était un amant français,
Sa tendresse me ferait rire;
Si c'était un époux anglais,
Je ne craindrais pas son délire :
Il reviendrait facilement,
Et serait bientôt raisonnable.
Mais lorsqu'un profond sentiment,
Remplit le cœur d'un Allemand,
S'il faut le guérir (*bis*), c'est le diable!

FRITZ.

Mais, c'est qu'il a déjà un pied dans l'abîme; et j'ai bien peur, entre nous, qu'il ne finisse par un vilain coup d'éclat.

VOLMAR.

Tu crois?

FRITZ.

Encore hier, je l'ai surpris se promenant à grands pas, une main dans sa poche, et l'autre les bras croisés... Et puis il disait, avec un accent pénétré : *Albert, tu as voulu causer ma mort; eh bien! tu y as réussi.* Lorsque j'allais l'interrompre, il m'envoyait à tous les diables.

VOLMAR.

Quel moyen pourrions-nous employer?

FRITZ.

Cherchez, et j'exécuterai.

VOLMAR.

Ma foi! nous n'avons pas le choix dans cette circonstance, et je n'en vois guères d'autre que de le faire consigner par le mari de Charlotte.

FRITZ.

Eh bien! oui... Vous ne savez donc pas qu'Albert est un autre imbécille qui n'a pas plus de caractère?... Il se ferait un scrupule de chagriner son ami Werther.

VOLMAR.

C'est à ce point-là?

FRITZ.

Oui, Monsieur.

VOLMAR.

Eh! bien, nous lui monterons la tête; nous lui ferons sentir les conséquences...

FRITZ.

C'est çà... et tâchez surtout de le rendre assez jaloux pour renvoyer mon maître.

VOLMAR.

AIR *de la Monaco.*

Laisse-moi faire,
Et ne crains rien;
Nous réussirons, je l'espère;
Mais le mystère
Est le moyen
De mener cette affaire
A bien.

FRITZ.

Vous voyez l'état de mon maître,
Emmenons-le pour le sauver;
Il faut le faire disparaître,
Si nous voulons le conserver.

ENSEMBLE.

VOLMAR.	FRITZ.
Laisse-moi faire, etc.	Laissons-le faire, etc.

FRITZ.

Mais il faudrait trouver un instant seul, le confiant Albert, afin de lui faire sa leçon... Eh! mais, justement, voilà toute la noce qui sort du Grand Cerf; Charlotte est en tête... Si vous voulez la voir, retirons-nous un peu à l'écart. (*Ils se cachent derrière le bosquet.*)

SCÈNE X.

Les Mêmes, CHARLOTTE, *un panier sous le bras*, LOUSTIC, les Paysans et les Enfants.

(*Tous le Paysans entrent en dansant.*)

(*Reprise du Chœur.*)

Puisque c'est le jour de leur hymen,
En mémoire, etc.

CHARLOTTE.

Ainsi, voilà qui est convenu ; vous reviendrez ce soir pour le bal.

VOLMAR, *à Fritz.*

Comment ! c'est là l'objet ?

FRITZ.

Ya, Monsieur ; c'est ce gros maman-là.

VOLMAR, *bas.*

Ah ! mon cher Fritz, allons vite trouver Albert... Mon pauvre ami, Werther est, pardieu, bien plus fou que je ne croyais.

(*Ils passent derrière les Villageois et entrent dans l'auberge.*)

LOUSTIC, *aux Paysans.*

Vous l'avez entendu, Messieurs et Mesdames ; nous sommes invités à rester à table depuis ce soir jusqu'à demain : ainsi partons tout de suite, pour revenir plutôt.

CHŒUR.

AIR *de Gille en deuil.*

Nous termin'rons gaîment un'fête,
Qui déjà ne commenc' pas mal ;
Et pour qu'elle soit plus complète,
Nous reviendrons tous pour le bal.

LOUSTIC.

Il est just' qu'chacun se retire ;
Aux mariés nous d'vons des soins :
Ils ont peut-êt' queuqu'chose à s'dire,
Et ces chos's-là s'dis'nt sans témoins.

(*Tous, en sortant.*)

Nous termin'rons, etc.

SCÈNE XI.

CHARLOTTE, Enfants.

CHARLOTTE, *préparant des tartines.*

Venez maintenant, mes enfants.

L'UN DES ENFANTS.

Et notre déjeûner, Lolotte ?

CHARLOTTE.

Heureux petits mortels!... ils ne pensent qu'à boire et à manger, tandis que moi... Grand Dieu! pourquoi m'as-tu pourvue de ces funestes charmes?...

L'ENFANT.

Eh! bien, Lolotte?

CHARLOTTE.

C'est juste, approchez.

TOUS.

Nous voilà. (*Ils se groupent autour d'elle. Charlotte leur distribue leur déjeuner.*)

SCÈNE XII.

Les Mêmes, WERTHER.

WERTHER, *s'élançant de la coulisse.*

Groupe!... aussi intéressant que pittoresque... ne vous dérangez pas... restez exactement comme vous êtes!...

UN ENFANT.

Ah! voilà notre bon ami Werther!

WERTHER.

Oui, ton ami, votre bon ami à tous!... Ah! Lolotte, que n'êtes-vous leur mère, et que ne suis-je votre adjoint?... Mais continuez à leur donner la collation... Vous la leur donniez aussi le jour... *néfaste*... où mes yeux se croisèrent pour la première fois avec les vôtres!... C'était aussi du pain et des confitures... Vous eûtes la bonté de m'en offrir une tartine!... Je me le rappellerai long-temps, ce jour! J'étrennais ce frac bleu, cette veste canarie... Ils ne m'ont point quitté depuis; ils ne me quitteront jamais...

CHARLOTTE.

Jamais!...

WERTHER.

Jamais, du moins, tant que ce cœur effervescent, dont le délire encore irrité par la résistance... Ah! Lolotte, tu ne sais pas au juste le nombre des larmes que renferme l'œil d'un personnage sentimental!

CHARLOTTE.

J'en ai bien quelque idée!... mais, il me semble que vous auriez pu ne pas attendre que je fusse mariée, pour venir me débiter cette déclaration un peu tardive, vu que les occasions ne vous ont pas manqué.

WERTHER.

Il est vrai, surtout lorsque nous passions des soirées entières... Mais je pense que je n'ai encore rien donné à ces enfans... Tenez, petits, voilà des pistaches, des diablotins; et allez voir là-dedans si j'y suis.

LES ENFANTS.

Merci, bon ami.

WERTHER.

Allez, allez.

(*Il les pousse assez rudement dans la maison, en leur donnant son pied dans le derrière.*)

SCÈNE XIII.

WERTHER, CHARLOTTE.

WERTHER.

Faut toujours prendre les enfants par la douceur; ils sont bien gentils. Je vous rappellerai donc, Charlotte, les soirées que nous passions ensemble à regarder la lune et les étoiles.

CHARLOTTE, *à part.*

Quel homme j'ai perdu là par sa propre faute!

WERTHER.

Mais c'est fini! vous êtes la femme d'un autre; le notaire y a passé; c'est après la cérémonie que je vous parle... Dieu veuille, seulement, que vous ayez fait un bon marché.

CHARLOTTE.

J'espère qu'Albert est un bon homme.

WERTHER.

Absolument... et, toutes réflexions faites, c'est celui qui vous convenait le mieux. Par exemple, je ne dis pas qu'il vous aime à la rage; je ne crois pas: mais, à cela près, vous pouvez être sûre de passer avec lui, dans une douce alternative de tristesse et d'ennui, des jours filés par l'indifférence conjugale... Je souhaite que cela vous amuse; mais j'en doute, s'il faut vous parler franchement.

CHARLOTTE.

On ne se marie pas pour ça.

WERTHER.

Ah! voilà, vous m'en direz tant.

CHARLOTTE.

Mais enfin, j'espère que vous aurez maintenant plus de raison, et que vous cesserez de m'aimer, cher Werther!

WERTHER.

Cher Werther!.. ah! mes oreilles sont-elles bien ouvertes?... Cher Werther!... C'est la première fois que vous accolez cette épithète à mon nom patronimique!..Je crains d'avoir mal entendu... si cela vous était égal de répéter, Lolotte?

CHARLOTTE, *avec abandon.*

Eh bien! oui, cher Werther!

WERTHER, *hors de lui.*

Voilà deux fois qu'elle le dit, ô ciel! et avoir attendu pour cela le soir de ses noces!

CHARLOTTE.

Puisque le mot m'est échappé, il n'y a plus à revenir la-dessus; d'ailleurs cet amour ne peut nous mener à rien.

WERTHER.

Et c'est bien ce qui en fait le charme.

CHARLOTTE.

AIR *de la Tyrolienne.*

Ah! qu'il est doux de s'aimer de la sorte!
On fait durer tant qu'on veut le plaisir.
Flamme d'amour est, dit-on, bientôt morte;
Mais celle-ci, c'est à n'en plus finir.

WERTHER.

Femme vraiment étonnante,
Je ne puis que t'admirer!
Plus ta sagesse m'enchante,
Et plus je dois t'adorer!
Quel bonheur!... Eh quoi!
Je vivrais pour toi!
Tu l'as dit, je croi;
Répète-le-moi!...
Ah! mon cœur cède à la pente
Qui l'entraîne près de toi.

ENSEMBLE.

CHARLOTTE.

Ah! qu'il est doux, etc.

WERTHER.

Femme vraiment charmante, etc.

(*Werther se jette aux genoux de Charlotte.*)

CHARLOTTE.

Werther, que faites-vous?

WERTHER, *toujours à genoux.*

Il y a long-temps que je ne sais plus ce que je fais.

CHARLOTTE, *se retirant vers la maison.*

Relevez-vous donc !

WERTHER.

N'y prenez pas garde ; je suis bien comme çà.

CHARLOTTE.

Laissez-moi !..

WERTHER.

Impossible à mon cœur.

CHARLOTTE.

Laissez-moi, vous dis-je !

WERTHER.

Deux mots encore, Lolotte ; ça ne te mènera pas loin.

CHARLOTTE, *le poussant rudement à terre.*

Pas un seul. (*Elle rentre chez elle.*)

SCÈNE XIV.

WERTHER, *seul, se relevant et s'essuyant les genoux.*

Ma foi ! elle y a mis de la dignité... Oh ! mais excessivement de dignité... N'importe, elle m'adore, c'est l'essentiel... Et comme elle a trop de vertu pour... que j'ai moi-même trop de délicatesse... je n'ai qu'une voie pour sortir de perplexité ; et au moyen d'une légère mixtion de soufre et de salpêtre... Oh ! la la !... Qu'est-ce qui te passe par la tête ?.. Eh bien ! eh bien ! Werther, tu dis que tu sais aimer, et tu ne sais pas mourir !... Allons, du courage, et songe que quand on a passé par toutes les épreuves du sentiment, la mort n'est autre chose que le délassement de l'homme sensible.

ALBERT, *dans l'intérieur de la maison.*

Messieurs, vous avez beau dire, je ne puis m'y décider.

WERTHER.

Mais j'entends résonner la voix d'Albert... Retirons-nous ; je ne me sens pas d'humeur à dialoguer avec lui. (*Il sort.*)

SCENE XV.

ALBERT, VOLMAR, FRITZ, *sortant de l'auberge.*

ALBERT.

Non, Messieurs, je ne puis me résoudre à lui faire ce mauvais compliment-là. Werther est mon ami, il est l'ami de ma femme; je connais leur délicatesse mutuelle, et je vous assure qu'il n'y a pas le moindre danger pour moi.

VOLMAR.

A la bonne heure; mais si vous continuez à le recevoir, empêcherez-vous les propos des médisants?

ALBERT.

Qu'est-ce que ça me fait?

VOLMAR.

Que diable! songez donc à votre réputation; songez qu'on va crier.

ALBERT.

On criera tant qu'on voudra; je me boucherai les oreilles, et je ne renverrai pas de chez moi un homme qui ne m'a encore rien fait.

FRITZ, *bas à Volmar.*

Hein! est-il d'une bonne composition?

VOLMAR.

Mais encore!

ALBERT.

C'est inutile.

Air de Papa Bec.

Non, non;
Laissez-moi donc!
Werther nous aime,
Et nous l'aimons de même.
Non, non;
Laissez-moi donc!

VOLMAR.

Mais vous avez donc perdu la raison?

VOLMAR.

Croyez-vous qu'Albert,
Ne soit pas expert?
En vain, de concert,
Chacun le dessert,

Mon ami m'est cher ;
Pourtant, j'y vois clair :
Je connais Werther
Comme mon *pater*.

ENSEMBLE.

VOLMAR, FRITZ.	ALBERT.
Non, non;	Non, non;
Croyez-nous donc !	Laissez-moi donc !
Et s'il vous aime,	Werther nous aime,
Il vous trompe de même.	Et nous l'aimons de même.
Non, non;	Non, non;
Croyez-nous donc !	Laissez-moi donc !
Et rendez-vous enfin à la raison.	Ne venez point me troubler la raison.

VOLMAR.

Quoique bien connu
Pour être ingénu,
Qui vous aurait cru
Aussi prévenu ?
Si le plan conclu
N'est pas résolu,
J'en suis convaincu,
Vous serez.... perdu.

ENSEMBLE.

Non, non; etc.

VOLMAR.

Eh bien! si ce n'est pas pour vous, que ce soit pour lui.

ALBERT.

Comment ça ?

VOLMAR.

Je veux bien convenir que Werther aime votre femme en tout bien, tout honneur.

ALBERT.

Mais c'est que ça ne peut pas être autrement.

VOLMAR.

Alors, que deviendra notre malheureux ami ?.. Livré continuellement à une passion qu'il se reproche, n'ayant ni l'espoir, ni l'envie de séduire celle qui en est l'objet, sa mélancolie augmentera nécessairement.

FRITZ.

Sa tête, qui est déjà fêlée, se cassera tout-à-fait.

VOLMAR.

Et vous aurez à vous reprocher cela toute votre vie.

ALBERT.

Fallait me montrer la chose comme ça d'abord; j'aurais entendu raison.

VOLMAR.

Ainsi, vous consentez-donc?

ALBERT.

Du moment que c'est pour son bien.... mais je vous prie d'être bien persuadés que ce n'est pas par jalousie.

FRITZ.

Vous en êtes incapable.

VOLMAR.

Ah! ça, prenez bien garde de vous laisser séduire par ses grandes phrases, ses protestations.....

ALBERT.

Soyez tranquille... à présent que je vois qu'il y a effectivement du danger pour lui à rester plus long-temps; je l'aime trop pour ne pas le chasser sans rémission.

FRITZ.

Justement, je l'aperçois.

VOLMAR.

Nous vous laissons avec lui; surtout point de ménagement... ferme! bonhomme. (*A part, à Fritz.*) Et nous, allons tout disposer pour le prompt départ de mon trop sensible ami. (*Ils sortent.*)

SCÈNE XVI.

ALBERT, WERTHER.

ALBERT.

Ah! voilà une vilaine commission.

WERTHER, *en entrant.*

Allons, c'est un parti pris... et dès que la nuit aura montré sa figure couverte d'étoiles... que le spectre livide de la lune.....

ALBERT.

Ah! te voilà, Werther... je suis bien aise de te rencontrer.

WERTHER, *d'un air sombre.*

Cela me fait bien plaisir aussi.

ALBERT.

Tant mieux! Nous avons à jaser.

WERTHER.

Jasons.

ALBERT.

Il y en a d'aucuns qui prétendent que mon mariage te déroute, et que tu pourrais bien avoir.....

WERTHER.

Quoi ?...

ALBERT.

L'intention.....

WERTHER.

De ?...

ALBERT.

Me.....

WERTHER.

Fi donc !...

ALBERT.

AIR : *Le luth galant.*

Je vais, mon cher, te parler sans détours :
J'ai des amis qui m' répèt'nt tous les jours
Que Charlotte est l'objet qu'en s'cret ton cœur adore ;
Que tu l'aimais jadis....

WERTHER.

Pardieu ! je l'aime encore

ALBERT.

Et quoi ! tu l'aim' encore ?

WERTHER.

Je l'aimerai toujours ! (*bis*)

ALBERT.

Et tu me le dis à moi ?... Ecoute donc, Werther.

WERTHER.

Qu'est-ce que tu me veux ? laisse-moi ; je suis occupé à... (*Il regarde du côté de la demeure de Charlotte.*)

ALBERT.

C'est à cause de ça. Comment, tu me dis ça, à moi, Albert ?

WERTHER.

A qui veux-tu donc que je le dise ?... Je le dis à toi, parce que je te connais, que je sais que cela ne te tourmente guères : que tu te fies à moi. (*Il lui serre la main.*) Et enfin, si tu ne t'es pas aperçu de mon amour, c'est que tu n'as pas voulu t'en apercevoir ; tu y as mis de la mauvaise volonté, allons.

ALBERT.

Non. Au fait, pour ce qui me regarde, ça m'est égal, et je n'ai pas peur ; mais le respect humain, vois-tu, mon ami; et je ne me soucie pas qu'on me montre au doigt.

WERTHER.

Par exemple, tu n'est guères philosophe; vraiment je te croyais plus philosophe que ça.

ALBERT.

Qu'est-ce qu'on est donc, quand on est philosophe ?...

WERTHER.

Quand on est philosophe on a la satisfaction de se dire à soi-même : je suis philosophe, et une fois qu'on a dit cela, il semble que... au contraire, vois-tu l'avantage ? Alors, tout ce qui vous arrive, eh ! bien, vous vous y attendez... Est-ce que je sais... Laisse-moi donc tranquille ; d'ailleurs, demande-le à tous les maris de ta connaissance ; ils te diront ce qu'ils sont, quand ils sont philosophes.

ALBERT.

Ça les regarde... quant à moi, si j'ai avant mon mariage fermé les yeux sur bien des choses, il est à présent de ma dignité d'y voir clair, et de ne pas tolérer que ma moitié soit aimée par le tiers et le quart ; aussi, vais-je prendre un parti.

WERTHER.

Est-ce que tu ne l'as pas déjà pris ?

ALBERT.

C'est-à-dire... je voulais te demander... comptes-tu rester toujours ici ?

WERTHER.

Je ne vois pas trop où je pourrais aller.

ALBERT.

Eh bien ! si ça t'est égal, ne viens plus chez moi... sans façon.

WERTHER, *avec surprise.*

Mon ami me chasse donc ?

ALBERT.

Non, je te prie seulement de t'en aller.

WERTHER.

Qu'est-ce qui te prend donc, aujourd'hui ?

ALBERT.

Ta santé exige que tu changes d'air... voilà la saison, vas aux eaux, tu ne feras pas mal de voyager.

WERTHER.

Me séparer de toi, ce ne serait encore rien; mais me séparer de ta femme !... de ta Lolotte ; car enfin, c'est ta Lolotte.

ALBERT.

Sans doute ; c'est parce que c'est ma Lolotte ; si c'était la Lolotte d'un autre... Ecoute, Werther, je n'ai pas sucé le lait d'une tigresse, et je sais ce qu'on doit d'égards à un amour taquiné... Je te permettrai donc encore la vue de mon épouse.

WERTHER, *avec feu.*

Généreux mortel, tu me fais passer du comble du malheur à l'extrême félicité! Je te remercie de la transition.

ALBERT.

Oui, mais pour aujourd'hui seulement, et à cause que ça ferait jaser, si on ne te voyait pas à la noce. Mais demain, plus de Charlotte ; c'est fini... Appelée à d'autres fonctions...

SCÈNE XVII.

ALBERT, WERTHER, CHARLOTTE.

ALBERT.

Vous arrivez fort à propos, Charlotte, pour faire vos adieux à notre ami Werther.

CHARLOTTE.

Il nous quitte?

WERTHER.

Albert, mon amie, a pensé qu'il fallait, pour ma santé, que je voyageasse, que je changeasse d'air.

CHARLOTTE.

Et vous allez en changer?

ALBERT.

Il ne peut qu'y gagner, Charlotte.

CHARLOTTE, *attendrie.*

Et nous nous reverrons... quand?...

WERTHER.

J'ai le pressentiment que... pas du tout.

CHARLOTTE.

Le terme est éloigné?

WERTHER.

A perte de vue.

CHARLOTTE.

Quand je m'étais accoutumée...

WERTHER.

Quand c'était pour moi une habitude...,

CHARLOTTE.

De vous voir à chaque...

WERTHER.

De vous contempler à tout...

CHARLOTTE.

Moment...

WERTHER.

De la journée.

(*Ils se prennent les mains, et se regardent avec passion.*)

ALBERT, *attendri.*

Et c'est moi, barbare homme, qui désunis deux cœurs aussi bien faits l'un pour l'autre!.. Mes amis, mes bons amis, je sens que je vous afflige, je partage votre affliction; mais, Werther, mets-toi à ma place.

WERTHER, *vivement.*

Je le veux bien.

ALBERT.

Non, non. Il faut que ça soit comme ça.

WERTHER.

Ce bon Albert!.. et j'aurais pu songer à le... Charlotte, aimez l'époux que le ciel vous a donné; c'est bien la meilleure pâte d'homme!...

ALBERT.

Faire mon éloge!... et dans un pareil moment! Werther, tu n'avais que mon amitié...

WERTHER.

C'était déjà pas mal comme ça.

ALBERT.

Emporte avec toi mon estime, va-t-en, car je m'attendris à un point...

WERTHER.

Soit... Je m'en vais... mais promets-moi...

ALBERT.

Tout ce que tu voudras; mais va-t-en.

WERTHER, *regardant Charlotte.*

Promets-moi de la rendre singulièrement heureuse!

CHARLOTTE, *à part.*

Noble jeune homme! il songe à tout.

WERTHER, *à Albert.*

Entends-tu bien, Albert, singulièrement heureuse!.. C'est toi que je charge de sa félicité; tu m'en réponds sur ta tête.

ALBERT.

Rien n'y manquera.

WERTHER.

Maintenant, je puis partir. (*il veut prendre la main de Charlotte, mais elle lui indique Albert*) ah! c'est vrai; je ne pensais pas plus à lui que s'il... mais je suis sûr qu'il ne me refusera pas cela; vous allez voir, Charlotte... Apropos, Albert, tu permets qu'en la quittant j'imprime sur cette main... potelée?

ALBERT.

Comment donc, mon ami, je t'y engage; imprime, imprime.

WERTHER.

Quel caractère!

CHARLOTTE.

Quelle impression!

ALBERT.

Quelle épreuve!

WERTHER.

C'est la première, Albert, foi d'honnête homme.

ALBERT.

Je le crois.

WERTHER, *baisant la main.*

Ce sera la dernière fois.

ALBERT.

Je l'espère.

WERTHER, *à lui-même.*

Heureux Werther! tu as senti palpiter sa main sous tes lèvres! Lolotte, dès cet instant tu es à moi.

CHARLOTTE.

Songez devant qui vous êtes.

WERTHER, *montrant Albert.*

Du moment qu'il le permet.

ALBERT.

Touchant spectacle! je n'y puis résister: et mes larmes..

WERTHER.

Ainsi donc, tâchez d'être heureux; faites votre possible pour l'être; pour moi!... Oh! moi! Il est un lieu désert... mes amis!.. Aujourd'hui... chargé de la rosée du ciel!... Demain, ou après demain, couché dans la neige!... Actuellement encore!... Sois en deuil, ô nature!..et dans les espaces imaginaires!..Pèlerin fatigué... cherchant un asile pour reposer sa tête et ne le trouvant pas, le Pèlerin... Adieu, adieu mes véritables amis.

ALBERT, *le ramenant.*

Reviens, Werther!... Embrassons-nous tous les deux... Vois, cruel ami! à quel état de dépérissement tu réduis ma Lolotte. Ma foi, je n'y tiens plus, embrassons-nous tous les trois. (*Ils forment un tableau. Charlotte sort. Werther veut suivre Charlotte; Albert le retient.*)

SCÈNE XVIII.

WERTHER, ALBERT.

ALBERT.

Oh! elle est partie.

WERTHER, *criant.*

Albert, Albert! il me reste une grâce à te demander.

ALBERT.

Laquelle?

WERTHER, *d'un air sombre.*

Je pars à l'instant.

ALBERT, *toujours attendri.*

Tu feras bien.

WERTHER.

Mes pistolets de voyage sont à Munich.

ALBERT.

J'en ai à ton service.

WERTHER.

Apporte-les moi, Albert.

ALBERT.

Immédiatement (*Il entre chez lui.*)

SCÈNE XIX.

WERTHER, FRITZ, *peu après.*

WERTHER, *se promenant à grands pas, les bras croisés.*

Au fait, je vous le demande : qu'est-ce que la vie ?... Qu'on me fasse l'amitié de me dire ce que c'est que la vie ! Un sentier tortueux parsemé de ronces et d'épines, dans lequel on ne peut naturellement faire un pas sans s'emberlificoter les jambes. C'est, par dieu! bien la peine... (*Ici Fritz paraît.*) Ah ! te voilà, Fritz !.. Apporte-moi, dans ce pavillon, papier, plume et encre.

FRITZ.

Oui, Monsieur.

WERTHER, *à part.*

Il est dans l'ordre que je fasse part à mes amis et connaissances... A propos, et du vin.

FRITZ.

Comme à l'ordinaire ?..

WERTHER.

Non, plus qu'à l'ordinaire... beaucoup plus qu'à l'ordinaire... j'ai besoin de prendre des forces pour le voyage que je médite.

FRITZ, *à part.*

Albert nous a tenu parole. (*à Werther.*) Vous suivrai-je, mon cher maître ?

WERTHER.

Non, ça te mènerait trop loin.

FRITZ, *lui prenant la main.*

Avec vous, mon bon maître, j'irais jusqu'au bout du monde.

WERTHER.

O ! attendrissant dévouement de la part d'un être sorti de la classe basse de la société !.. Eh bien ! les voilà, ces domestiques, que nous nous permettions d'appeler nos valets !.. (*Voyant revenir Albert.*) Va chercher ce que je t'ai dit. (*Fritz sort.*)

SCÈNE XX.

ALBERT, WERTHER.

ALBERT, *tenant un pistolet.*

J'ai pourtant la paire ; mais je n'ai trouvé que celui-là...

WERTHER.

Est-il au moins d'un effet sûr ?

ALBERT.

Tout ce qu'il y a de plus fin.

WERTHER.

Effectivement, il me semble bien poli.

ALBERT.

C'est Charlotte qui en a ôté la poussière.

WERTHER.

De sa main ?

ALBERT.

Propre.

WERTHER.

O ! ange terrestre !... Tu ne l'auras pas essuyé pour rien. (*Prenant la main d'Albert.*) Albert, je le garderai peu.

ALBERT.

Tant que tu voudras.

WERTHER, *d'un air troublé.*

Confiance qui m'honore, mais dont je n'abuserai point... Tu l'auras plutôt que tu ne penses... Laisse-moi, Albert.

ALBERT.

Qu'as-tu donc ?... Tu as l'air altéré !

WERTHER.

En effet, j'ai soif !...

ALBERT.

Tu n'es pas si serein que ce matin.

WERTHER.

Je suis tout aussi serein que toi. Va-t-en, laisse-moi, va-t-en.

(*Albert rentre.*)

SCÈNE XXI.

WERTHER, FRITZ, *dans le pavillon.*

WERTHER.

Eh bien! Werther, tu voulais mourir de sa main!... Précisément, elle s'est donné la peine de nétoyer ce tube avec lequel... Par conséquent elle y a touché... Alors c'est absolument comme si... Plains-toi donc, je te le conseille.

(*Pendant les deux scènes précédentes, la porte et la croisée du pavillon sont restées ouvertes ; on a vu Fritz apporter le papier, etc., et garnir la table de bouteilles de vin ; cela fait, il ferme la croisée et aborde Werther.*)

FRITZ.

Monsieur, tout est prêt.

WERTHER.

C'est bon... Va-t-en ; il faut que je sois seul.

FRITZ, *à part.*

Il me semble qu'il a les yeux encore plus hagards que de coutume. Allons prevenir M. Volmar de ce qui se passe.

WERTHER.

Seulement, je voulais te dire, quand tu entendras du bruit, je serai visible..... visible pour tout le monde.

FRITZ.

Ça suffit, je m'en vas.

WERTHER.

Il me semble que je te paie pour ça.

(*Fritz sort. La nuit.*)

SCÈNE XXII.

WERTHER, *seul.*

Allons consommer mon destin... (*On entend la ritournelle du chœur.*) Aussi bien j'entends la musique, et le diable m'emporte si j'ai le cœur à la danse... (*Il s'approche du pavillon ; monté sur la derniere marche, il se retourne du côté du public.*) Et vous, jeunes gens de tout âge, de tout sexe, de toutes conditions, qui êtes susceptibles d'éprouver les chagrins qu'entraîne nécessairement un amour tant soit peu contrarié ; vous voyez, le remède est tout simple, à peu près immanquable ; il est philosophique, économique et à la portée de toutes les fortunes ; il faudrait ne pas avoir six francs dans sa poche... Puisse mon exemple lui donner une certaine vogue ! et tant pis pour ceux qui n'en profiteront pas : je m'en lave exactement les mains. (*Il ferme la porte du pavillon en dedans.*)

SCÈNE XXIII.

LOUSTIC *et tous les villageois entrent en scène en chantant et en walsant ;* ALBERT et CHARLOTTE *sortent à la fin du couplet.*

CHŒUR.

AIR : *Vaud. de Turenne.*

Allons, faut walser ;
C'est bien permis quand on s' marie;
Moi, c'est ma folie,
Et j' voudrais toujours danser.

LOUSTIC.

On n'se lasse pas,
Lorsqu'l'on walse avec tant d'grâces,
De faire des pas,
Et surtout de former des passes.

ALBERT, *à Charlotte.*

Voilà tous les conviés... J'espère, Charlotte, que vos yeux ont eu le temps de sécher.

(*Reprise du chœur.*)
Allons, faut walser, etc.

ALBERT.

Comment !... des illuminations, Dieu me pardonne !

LOUSTIC.

Il n'y a rien de trop beau pour vous, pour Madame Albert.

ALBERT, *bas à Charlotte.*

Vous voyez, Charlotte, ce que font pour nous ces braves gens ? Tâchez d'y correspondre par une gaîté tout au moins factice.

CHARLOTTE, *soupirant.*

Hélas !

ALBERT.

C'est bien. Serrez votre mouchoir, et en avant deux.

LOUSTIC.

Allons, (*à part, en s'en allant.*) Mon ami Loustic; t'es l'sonneur de la paroisse, v'là le moment du carillon. (*Il sort.*)

SCÈNE XXIV.

Les mêmes, excepté LOUSTIC.

ALBERT, *à Charlotte.*

Allons, Madame, composez votre figure pour la circonstance; et songez que tout le monde a les yeux sur nous; marquez la mesure et tenez bien votre à-plomb.

(*Tous les paysans se rangent des deux côtés du théâtre; Albert et Charlotte au milieu commencent le menuet; peu après on entend un coup de pistolet. Tout le monde paraît effrayé.*)

ALBERT.

AIR *d'Aline.*

D'où peut venir tout ce vacarme ?

CHARLOTTE.

Qui donc ici répand l'alarme ?

FRITZ et VOLMAR, *qui sont arrivés après le coup.*

C'était, je crois, le bruit d'une arme ?

CHARLOTTE, *à son mari.*

Dieu ! quel soupçon ! mon cher Albert !
Si c'était notre ami Werther !

TOUS.

L'ami Werther !

(*Volmar ouvre la porte du pavillon; on aperçoit Werther occupé à boire; il est gris, et tient encore une bouteille; il sort du pavillon.*)

SCÈNE XXV.

Les Mêmes, WERTHER.

CHŒUR.

Oui, c'est Werther ! (*ter*)

WERTHER.

Eh bien !... qu'est-ce que c'est donc que ce tapage-là ?... On n'a pas une minute pour se tuer, ici.

CHARLOTTE.

Malheureux! vous auriez pu songer?...

WERTHER.

J'allais m'y mettre, et je m'étais encouragé avec un ou deux verres de Champagne.

CHARLOTTE.

Un ou deux!...

ALBERT.

Il en aurait bu cinquante, Charlotte, qu'est-ce que ça vous fait?

VOLMAR.

Ah! ça mais, le bruit que nous venons d'entendre?

SCÈNE XXVI ET DERNIÈRE.

Les Mêmes, LOUSTIC, *une mèche à la main.*

LOUSTIC.

J'dis que ma boîte a joliment fait son effet, tout d'même... j'espère, messieurs, mesdames, que vous n'oublierez pas l'artificier?

VOLMAR, *à Fritz.*

Fais avancer la voiture. (*Fritz sort un instant. Volmar, arrachant le pistolet à Werther*). As-tu perdu la tête?

WERTHER.

Pas encore; mais ça ne sera pas long, si tu veux bien permettre... (*Il cherche à reprendre le pistolet*).

VOLMAR.

Non pas, non pas.

WERTHER.

Volmar, est-tu mon ami?

VOLMAR.

Oui.

WERTHER.

Mon véritable ami?

VOLMAR.

Sans doute.

WERTHER.

Laisse-moi disposer de mon individu... je me suis trop avancé pour reculer.

FRITZ, *paraissant.*

Voilà la voiture.

VOLMAR, *l'emmenant.*

Allons, Werther, prends congé de la compagnie.

WERTHER, *se débattant.*

Et de quel droit ?...

VOLMAR, *l'entraînant malgré lui ; il est aidé par Fritz.*

Je te le dirai plus tard ; viens toujours.

WERTHER.

Tu vois, Lolotte, qu'il y a force majeure... mais, rassure-toi, je ne suis pas homme à en démordre. Albert, si tu étais bon enfant, comme je t'ai connu autrefois, tu permettrais à Charlotte de m'accompagner un petit bout de chemin.

ALBERT.

Va te promener, par exemple !

WERTHER. *Il s'est échappé des mains de Volmar au moment de monter en voiture, et il revient comme un furieux sur le bord du théâtre.*

C'est égal, nous nous reverrons, Lolotte ; il est un autre monde, où les amans vexés dans celui-ci...

CHARLOTTE, *essuyant une larme.*

Oh ! oui, bien vexés.

WERTHER.

Je vais t'y attendre... et là, réunis...

CHARLOTTE.

Pour jamais.

WERTHER.

Narguant l'autorité maritale.

ALBERT.

En v'là assez.

WERTHER.

Nous nous abreuverons des torrens d'une éternelle félicité... Adieu... pour la quinzième fois... Je vais retenir ma place dans l'éternité, et tu me trouveras au séjour des ombres... quand tu viendras faire un tour aux Champs-Elysées.

(*Ici Fritz entraîne Werther dans la coulisse.*)

ALBERT.

Je vous en prie, M. Volmar, veillez sur lui ; dites-lui qu'il me donne souvent de ses nouvelles ; vous savez combien je l'aime ; mais tâchez que je ne le revoye plus. Le voilà encore.

VOLMAR.

C'est pour la dernière fois.

(*Ici Werther reparaît dans une voiture qui traverse le théâtre.*)

WERTHER, *au Public, par la portière.*

Arrêtez, cocher. (*Volmar, monte avec lui.*)

AIR *de Figaro.*

Cœurs sensibles, cœurs fidèles,
Que l'amour a fait gémir!
Par mes souffrances cruelles,
Puissé-je vous attendrir!
Werther ne demande aux belles,
Pour prix de tous ses malheurs,
Que des larmes ou des pleurs.

TOUS.

Werther ne demande, etc.

(*La voiture se met en mouvement. Charlotte se trouve mal dans les bras d'Albert. Tous les paysans lèvent les mains au ciel. Le rideau tombe sur ce tableau.*)

FIN.

2.83

Ouvrages qui se trouvent chez J.-N. Barba, *Libraire.*

HISTOIRE PHILOSOPHIQUE DE LA RÉVOLUTION DE FRANCE, depuis 1787 jusqu'au retour de S. M. Louis XVIII, en 1814, par Fantin-Désodoarts. 6 vol. in-8°., ornés du portrait de l'auteur. 30 fr.

Cette sixième édition est un ouvrage neuf; il est entièrement refait; l'auteur y professe une grande impartialité; il a extirpé, si j'ose m'exprimer ainsi, une poignée d'intrigans révolutionnaires de la masse de la nation française; il la justifie aux yeux de l'Europe et de la postérité; en un mot, il rend justice aux braves gens et aux gens braves.

Cet ouvrage doit plaire aux hommes impartiaux de tous les pays.

LE CUISINIER ROYAL, ou l'Art de faire la Cuisine et la Pâtisserie pour toutes les fortunes; avec la manière de servir une table depuis vingt-cinq jusqu'à soixante couverts. *Neuvième édition*, revue, corrigée et *augmentée de cent cinquante articles*; par A. Viard, homme de bouche, suivie d'une notice sur les vins, par M. Pierhugue, sommelier du Roi, 1 vol. in-8°. 6 fr.

Cet ouvrage a été réimprimé huit fois dans l'espace de dix années. L'auteur étant en pays étranger, n'a pu réparer les omissions qui se trouvaient dans les huit premières éditions. Depuis son retour en France, il a complété son livre, qui peut passer pour le meilleur Manuel de cuisine qui existe.

PIÈCES NOUVELLES.

La Fille d'Honneur, comédie en 5 actes, en vers, de M. Duval. 3 fr.
Petit Pinson (le), vaud. en 1 acte, de MM. Mélesville et Poirson. 1 fr. 25 c.
Diner de Madelon (le), vaudeville en un acte, de M. Désaugiers, nouvelle édition, augmentée. 1 fr. 25 c.
Pacotille (la), comédie en 3 actes, de Planard. 1 fr. 50 c.
Troqueurs (les), opéra en un acte, de MM. Dartois. 1 fr. 25 c.
Tante (la) à marier, com. en 1 acte, de M. Victor.
Douvres et Calais, vaud. en 2 act. de MM. Théaulon et Ménissier. 1 fr. 50 c.
Demande bizarre (la), com. en 1 acte, de M. Réné Perrin.
Arbitres (les), comédie en 1 acte en vers, de M. J. Vernet. 1 fr. 25 c.
Une visite à ma Tante, vaudeville en 1 acte. 1 fr. 25 c.
Belvéder (le), mélodrame en 3 actes, de M. Pexérécourt.
Homme Brun (l'), en 3 actes, de MM. Merle et Boirie.
Retour à Valenciennes, vaudeville en 1 acte, de MM. A. Gouffé.
Brigands (les) des Alpes, vaudeville en 1 acte. 1 fr. 25 c.
A-t-il perdu, comédie en 1 acte, de M. Longchamp. 1 fr. 50 c.
Roses (les) de Malherbe, vaudeville en 1 acte, de M. Maréchalle.
M. Mouton, vaudeville en 1 acte, de M. Armand Gouffé.
Duel et le Déjeuner (le), vaud. en un acte, du même. 1 fr. 25 c.
Maison (la) de Jeanne D'Arc, com. en 1 act. de M. René Perrin. 1 fr. 25 c.
Chapelle (la) des Bois, mél. en 3 actes, de M. Pixérécourt.
Chaperons (les) et les Loups, vaud. en 1 acte, de M. Dubois.
Famille Glinet (la), comédie en 5 actes, de M. Merville. 2 fr. 50 c.
M. Sans-Souci, vaudeville en 1 acte, de M. Belle aîné. 1 fr. 25 c.
Une visite à Charenton, vaudeville en 1 acte. 1 fr. 25 c.
Perroquets de la mère Philippe, vaud. en 1 acte, de M. Dartois. 1 fr. 25 c.
Jeune Veuve (la), comédie en 1 acte en vers, de M. Delrieu. 1 fr. 50 c.
Originaux (les) au Café, vaudeville en 1 acte de MM. Merle et Brasier.
Garçon (le) sans souci, comédie en 3 actes, de M. René Perrin.
Pâté (le) d'Anguille, vaud. en 1 acte, de MM. H. Simon et Dartois. 1 fr. 25 c.

Pièces réimprimées du Répertoire de la Comédie Française, exactement conforme à la représentation, qui se trouvent chez le même Libraire.

TRAGÉDIES.

Adélaïde Duguesclin.
Abufar.
Agamemnon.
Andromaque.
Alzire.
Athalie.
Britannicus.
Cid (le).
Cinna.
Comte de Warwick (le).
Coriolan.
Gabrielle de Vergy.
Hector (fig.).
Horaces (les).
Iphigénie en Aulide.
Iphigénie en Tauride.
Mahomet.
Manlius Capitolinus.
Mariamne.
Nicomède.
Œdipe, de Voltaire.
Othello.
Phèdre.
Polyeucte.
Rhadamiste et Zénobie.
Rodogune.
Sémiramis.
Spartacus.
Tancrède.
Venceslas.
Zaïre.

COMÉDIES.

Barbier de Séville (le).
Chevalier à la mode (le).
Crispin rival de son Maître.
Dehors Trompeurs (les).
École des Femmes (l').
Etourdis (les).
Fausses Confidences (les).
Fausses Infidélités (les).
Femme Jalouse (la).
Femmes Savantes (les).
Folies Amoureuses (les).
Fourberies de Scapin (les).
Grondeur (le).
Habitant de la Guadeloupe (l').
Heureuse Erreur (l').
Honnête Criminel (l').
Jaloux sans Amour (le).
Jeux de l'Amour et du Hasard (les).
Mariage de Figaro (le).
Mariage Secret (le).
Méchant (le).
Mercure Galant (le).
Métromanie (la).
Misanthrope (le).
Plaideurs (les).
Projets de Mariages (les).
Rivaux d'eux-mêmes (les).
Tartuffe (le), de Molière.
Tartuffe de Mœurs (le).
Trois Sultanes (les).

OEUVRES COMPLÈTES de Pigault-Lebrun, 67 vol. Prix. 160 fr.

Les ouvrages se vendent séparément.

Adélaïde de Méran, 4 vol. in-12. 10 f.
Angélique et Jeanneton, 2 vol. in-12, fig. . . . . . 5 f.
Barons de Felsheim (les), 4 vol. in-12, fig. nouvelles. . . . . 10 f.
Cent vingt jours (les), 4 vol. in-12, fig. . . . . . . 10 f.
[illegible] du Magnétisme, avec cet épigraphe: *Vitam impendere vero* 2 f.
Citateur (le), 2 vol. in-12. . . 6 f.
Enfant du Carnaval (l') 5 vol. in-12, fig. nouvelles . . . . . 7 50.
Famille Luceval (la), 4 vol. in-12. 10 f.
Folie Espagnole (la), 4 vol. in-12, fig. . . . . 10 f.
Garçon sans Souci (le), 2e. édition, 2 vol. in-12, fig. . . . . . 5 f.
Jérôme, 4 vol. in-12. . . . . . . 10 f.
L'Homme à projets, 4 vol. in-12. 10 f.
Mélanges littéraires et critiques, 2 vol. in-12 . . . . 5 f.
Mon Oncle Thomas, 4 vol. in-12, fig. . . . . 10 f.
Monsieur Botte, 4 vol. in-12, fig. 10 f.
Monsieur de Roberville, 4 vol. in-12. . . . . 10 f.
Officieux (l'), 2 vol. in-12, fig. . 5 f.
Théâtre et Poésies, 6 vol. in-12. 12 f.
Une Macédoine, 4 vol. in-12. 10 f.
Tableaux de Société, 4 vol. in-12, portrait. . . . . 10 f.

www.ingramcontent.com/pod-product-compliance
Ingram Content Group UK Ltd.
Pitfield, Milton Keynes, MK11 3LW, UK
UKHW020954220726
13924UKWH00002B/676